この想い貴女《あなた》へ

to make my life precious

川見圭子

Kawami Keiko

文芸社

はじめに

ここにある『貴女《あなた》』は、もちろんこの本の中の大部分を占める私の母にあたる『貴女』でもあるが、それは私の『子供』であったり、また『主人』であったり……。

そして、この本を手にして下さっている『貴女』へあてた言葉でもあります。

この本を手にして下さった〝貴女〟へ……

はじめに、ありがとうございます。
私が母を通して感じ得た想いが
貴女の心の何処か片隅にでも入り込み
ほんの少しでも……
貴女の心に響きますように……。

★目　次

はじめに　3

◆この本を手にして下さった〝貴女〟へ……　4

◆お気に入りの場所……　6

◆第一章　春――とまどい　9

第二章　夏――苦しみ　37

第三章　秋――哀しみ　79

◆明日へ　99

◆最後に　121

◆あとがき　122

お気に入りの場所……

そこの夕日が見たいと貴女は言った。
もう身体《からだ》はしんどくてそれどころではなかったでしょう。
でも貴女が望むなら……とタクシーで向かった。

　夏の夕暮れ。
川の向こうの青々とした山にオレンジ色の太陽がゆっくりと
沈んでいこうとしている。
川がキラキラと輝いていた。
ベンチでその景色を、貴女とたわいもない会話をしながら見たね。

穏やかな時間だったね。

そして、貴女は、
「ここの夕日が一度みたかった……」と。
それは、今思うと貴女そのものだったのではなかったでしょうか？

それから一か月後、貴女は静かに息を引き取った……。

「お母さんは太陽だ」
なんて言葉、ちっちゃな頃からよく耳にするから
そんなふうに思ったのかもしれない……でも、思う。

いつも私のことをポカポカ温かい日差しの中で包んでくれていた。

人は誰しも、「死」を迎える。
わかっていても、こんなに、哀しく、つらく、はかなく、
そして……
意味がわからないものとは知るよしもなかった。

それから私は想い返す……。

貴女と過ごした今までの時間を……。

第一章　春——とまどい

もうそろそろ桜の開花の知らせが届きそうな頃、
母に「膵臓に四センチの腫瘍がある」とわかり、検査入院をした。
持病の高血圧と脂肪肝とやらで二週間に一度は通院していたが、
別に何がどうもなく、いたっていつも元気にパワフルな日々を
送っていたように思う。
そう、いわばたまたま撮ったエコーで偶然見つかったのだ。
だから、この時点での自覚症状はなかったのだ。

たまに腰が痛いようなことがあったとしても、
きっと軽い腰痛と思っていたんだろう……。

入院中も、初めての入院を楽しむかのように笑顔で、ベッドの周りは綺麗に整頓され、ここは病院?と思われた。

しかし、それとはうらはらに検査が続き、その結果を聞きたいが「怖い」という心境が言葉の端々《はしばし》に見受けられた。

検査入院ということで、治療もないので週末は私の家か弟夫婦の家に外泊した。

自分の家に帰ると、どうしても父の食事や掃除を、あの母のことだからやってじっとしていないだろうし、それなら子供の家なら、ゆっくりできるであろうと、暗黙の了解でそうなっていた。

「入院してる」「検査の結果がまだ」というなか、母もそうだったろうが、努めて笑顔でいた。

なぜか、お寿司を出前で取ったり、焼肉、嵐山のすてきな湯豆腐と、外食したり、母が無事退院できることを祈り、検査を忘れさせるように、妙に張り切った。

そして、これがガンであるか決定的にわかる検査の日、私達は夜、担当医に会う約束をしていた。

もちろん母には内緒である。

そして、検査後は何時間か横になってないといけないようだった。
検査が終わる頃、弟が病室を覗いた。

私達は検査の結果を家族総出で聞きに来たが、母に勘ぐられるのが嫌で外で
結果が出るまで時間をつぶしていた。

そう、私は母に変に思われないようにと、おかしいくらい
変に気を遣っていた。

その母と弟のふたりっきりの病室の一角。

これが母親と息子のなんとも温かいひと時だったみたいである。
母の口元におにぎりを運び、食べさせてあげたらしい。
もちろん生まれて初めての事だったろう……。
弟は涙ぐんだみたいだった。
つらい検査、検査結果への不安、初めて見る病気の母。

姉の私の勝手な想像だが、
弟は母のことをきっと愛おしく感じたのではないだろうか?

そして、母はそのおにぎりを食べさせてもらったのが、私じゃなく息子だったのが、なんともうれしかったに違いないだろう。

弟のほうが好きとかじゃなく、息子と娘の違いっていうか……。
私はその場はもちろん見てないが、すごくいい時間だったろうと思っている。
また、私とは味わえない大切な時間だったに違いない。
そんな時間を母が味わえたことも、とても貴重だったろうし、また弟にとっても今となっては貴重な時間になったことだろう。

しかし、検査結果は最悪のものとなった。

その腫瘍は悪性のものであった……。

手術の余地なし。抗ガン治療をし、効いたとしても二、三割。

わずかな期間の延命にしかならない……。
このままであれば、半年から一年の命だと宣告された。

あの時の衝撃は私の身体に震えをもたらした……。
物を持つ手が意識して止めようとしても震えて止まらないのだ。
何がなんだかわからなかった。

誰しもそうだろうが、まさか自分の身にこんなことが振りかかるなんて
一度も考えたことなんて、あるわけない。
考えたことがないから、余計に受け止められないのだ。
いろいろ考える時間の余裕も心の余裕も全くないまま、ひとつの決断を
すぐしなくてはならなかった。

事実を受け止める余裕も全くないままの究極の選択である。

きっと、父も弟もそうだったろう……。

――告知である

母は入院中、先生の「結果が出たら、どんな結果でも聞くか」という問いに答えられずにいた。

「なぜか」と聞くと「怖い」、それだけであった。

答えを濁らした時点で、母は受け止められないんであろうと、私は勝手に判断していた。

そんな母を見ていた父は、「よう言わん……」

弟も私も、「ここのところの母の様子を見ても、今まで元気な時からの性格を考えても受け止められないんじゃないか、これはっかりは」と思った。外見は一見タフに見えるが中身は正反対の人であった。だから告知をし、そして抗ガン治療をし、さらにベッドに縛りつけるなんてできなかった。

わずかの延命のために……。

母は自然の大好きな人である。
四季を肌で感じるのが、すごくうまい。
四季折々の花々や、香り、景色を身体全体で感じられるのである。
だから、山や川やいつもそんなところに足を運ぶ。
独りの時もあれば、私と私の子供と、また友達と……。
こと独りで散策する時は、一段と感じていたらしく、
近くに行っているにもかかわらず葉書が届いたりしたことも、
たびたびあった。

秋晴れの良い天気に、広沢の池、一条山越通、
左に行けば高尾、帰り道は大沢の池、と気分爽快です。
自然の空気を吸うことが一番生きがいで、
コスモスや時より金木犀のにおいを感じました。
今日は自転車で良かった。
歩けないほどの人の多さでした。
嵯峨野の奥でひっそりと食べた弁当のおいしいこと。
幸せでした。
今夜は嵯峨野豆腐で湯豆腐としましょう。
今、帰り道の公園で一服です。
また、逢いましょう。

母

私はこの葉書を読んだ時、母の姿が目に浮かんで、なんとも満たされた心がすごく伝わってきた。

そこへ行っていない私の胸に綺麗な空気が吹き込まれるようだった。


お母さんは、自分の精神を最もいいとこへもっていく名人だ。

そして、周りの人の心も温かくしてくれる人だなぁ……。


しかし逆に「告知すべきだ」と言う者もいた。

私の主人である。

身体のこと、いや、人生すべては、母本人が決めるべきだ。

もっともな意見である。

こういう状況に立たされた場合この二手《ふたて》に分かれるのが普通だろう。

我が家始まって以来の真剣な話し合いが何度か繰り返された。どっちを選択していいのかわからない、でも決めなくてはいけない。母の血を分けた母の弟に相談してみると、私達と同じ意見だった。

告知しないでおこう……。

煮え切らないままこの決断を下した……。

次は、治療方法である。
告知しなくても、抗ガン治療は嘘をついてもできるが、最も〝いい場所〟に身を置いてほしかったので、選んだ治療は、痛み出したら、痛みを抑えるだけのものとなった。

私達が勝手に決めてしまった、貴女のいい場所……。
それは、貴女の思うまま気持ちの向くままに過ごせる今までと変わらない生活だった……。

それが貴女にとっていい場所だったんだろうか……。

それが、自分の母に最も大きな嘘をつく始まりだった。

わかっているはずだった。

それが、どんなにしんどいことかは……。


母には、先生に他の病名を伝えてもらった。

母も、自分がガンだったらどうしようという気持ちはあっただろうし、きっと、いや絶対、気になって、眠れない夜もあったに違いない。

私は、初めての入院とそこに置かれている母の気持ちを思うと、父と離れ、病室でひとり横になる姿が目に浮かび、心細いだろうと、眠れない夜もあった。

そして、病名を知ってからは、なおさら泣いて泣いて眠れなかった。

先生と私達家族の間でそんな段取りになって、自分の耳に初めて病名が入ってるなんて知るよしもない母が、早速電話をかけてきて、病名の報告をした。

涙ぐみながらの報告だった……。

私は内心この報告が電話でよかったと思いながら、一生懸命に喜んでいる芝居をした。


これでいいんだろうか……。


この一か月ほどの検査入院の間、父も母と離れ、ひとりの夜をどんな想いで過ごしたんだろう……。

父は私や弟と違って感情の表現がいたって下手である。

たまに、それが腹立たしく思えたこともあった。

でも、母のことで男泣きをした父を見て、父の母への想いを見たのもこの時が本当に初めてだった。

そして、母のことで落ち込んでいる私を、家族、親戚以外で勇気づけてくれる人達がいた。

私の友達である。

お見舞いに贈られた花にあんなに勇気をもらったことはなかった。

なんとも元気に咲き誇るチューリップが、その時の私にはその友の笑顔に見え、力強いエールがほんとにこの胸に飛び込んできたのである。

絶対、母の笑顔は守る。

病気なんかに負けない、とその花を見つめ、心に誓った。

私はこの友達に感謝し、また泣いた……。


しばらくして母は、安堵感いっぱいで退院した。

この日は私の娘の小学校の入学式の日。

この入院がなければ、母は必ず、孫の晴れ姿を見に来るような人であった。

さすが、今回ばかりは、お祝いムードは全くなく、母もそれどころではなかったようだった。

当たり前である……。


なんとなく母は病気なんだから……と自分に言い聞かせたり、それがほんの少し悲しかった。


この退院した夜のこと。

母から電話がかかってきた。

前々から乳ガンと闘っていた親友が、自分が入院している間に病状が悪化し、
〝危篤〟の知らせが舞い込んできたという内容だった。

そして、会いに行きたい……。

でもなんとなく独りで出かけるのが不安で、
父はどうしても仕事で手が離せないから私になんとか……。
旦那も戻ってきてないし、
子供を連れて二時間以上もかかる病院へこの夜に行けないし……
実は、私も父も母の友への気持ちはわかるが、
今現在、母のことで頭の中はめいっぱいだった。

正直、とにかく、家でゆっくりしてほしかった。

母は弟へ電話し、なんとか時間を作ってもらったようだった。
危篤の友に会いに、母と弟は向かった。

なんで、ガンとは、少し離れて生活したいのに、
そんな他所《よそ》からもここへやってくるのか?
ましてやそのガンと闘い果てた、哀しい知らせが入ってくるのか?
母の真うしろに立っている私は、
この皮肉な時の流れや、ことの流れに、はがゆさを感じた。
しかし、母は親友の息のある時に会えて心残りはないようだった。

何がなんでも会いたい時に会いに行くのが、〝母らしい〟ことなので、
母のことを考えるとよかったと思えた。

イベント好きの私達親子のことだから「退院パーティ」を計画しないのもおかしいということで、さっそく退院パーティを実行した。

元気に退院したようになっているのだからしないわけにはいかなかった。

近所の母の友達を呼んだ。

「何もなくて、よかったね！」

と、何も知らずに喜んでくれた母の友の言葉に、私達家族は満面の笑みで答えた。

「ほんと、よかった……」と。

私はこの時、この一か月が悪い夢であり、

このまま悪くなんてならず嘘の病名を真実としようと、
自分に言い聞かせていた。
そうしないと、やってられなかった。

母は、通院は続くけどこれ以上のことはない、と思っていただろう。
その晩は家族みんなが集まり、楽しい夜だったが、事実を知っている者達は
なんともつらい嘘だらけの夜だった。

なんで、そこまでして嘘をつくのか?
元気に退院したことになっているのだから、仕方ないのだ。
つらいけど、そうしなければ……。

そう決めたんだ……。

そうして、何日か過ぎた。
みんな、普通、今まで通り。

私達親子は、親であり子であり、
それは時には逆転することもあったし、
一番の親友でもあった。
相談ごとがあればのるし、のってもらうし、
あそこに新しいお店ができたといえば一緒に行くし、
ここのこれがおいしいと思えば、連れて行くし、連れて行ってくれるし、

ここの景色が最高だと思えば、春はあそこがいい、夏、秋………。

なにかにつけ、一緒に過ごした。

特に結婚してからは、私も主婦という同じ身で、独身の頃より親密さはいっそう深まった。

弟は結婚してから時間も経ってなく、親孝行はこれから、と思っていた矢先のことで、

「俺、おかんに何も孝行してへん……」

と、言ったことがあり、と思いきや奥さんと母と三人で近場の温泉旅行を実行した。

まぁ、母にはなんとでも言って、母もうれしそうについて行っていた。

なんともデラックスな一泊旅行だったみたいで、土産話《みやげばなし》をたんと聞かされた。

何にでも感動する人だし、きっと弟夫婦もとってもうれしかったろうと思う。

ちょうど、母の日も近いということで、手提《てさ》げかばんを買ってもらっていた。

「この夏いいやろ？　これ提げて、浴衣でも着て祇園祭でも行こうか！」


ほんと喜んでいた。

そんな母の笑顔を見ると、正直、私もうれしかった。

母がうれしいことは私もうれしいし、
母のつらいことは私もつらい……。

ほんと、心がつながっているようだった。

この時に撮った写真の中で、
新しく娘となったお嫁さんと肩を並べ、綺麗な顔の母がいる。
私が今まで見たこともないような表情の母だった。

でも、私の見ていた限りでは、母と弟は今どき珍しい親子関係だったと思っている。今は結婚して別のところに住んでいるが、その前はもちろん一緒に住んでいた。

日常の生活の中にいると、弟は朝早く仕事へ出かけ、夜遅く帰ってくる。

そんな中でどんなふうにコミュニケーションを取っていたのかというと、そう、母が「ごはんをおごって！」と誘うのだ。

弟もお酒が入ると口数が増え、母にいろんな話をするのだ。何日ものすれ違いも一気に埋められるようだった。

そして、仕事の話を聞いたり、おごってもらったりすると息子の成長ぶりや頼りがいを感じている様子だった。

そんなことを私に話してくれていた母の表情や声の張りは、満足そのものの母親の顔であった。


こんな日々の中、悶々とした父がいた。


私は父にも気を遣った。

ひとり取り残されるように思ってないかと……。

もちろん父もわかっていた。この現状では母中心になることも……。

母がそんな日々を送っていた頃、父は悩んでいた。


なんとか助けられないか！　と。

そう、父はまだ密《ひそ》かに手術にこだわっていた。
病院に嘘をつき、カルテを借り、他の病院に見せに行っていた。
そこの病院でも結局同じことを言われ、力のない声で連絡があった。

ちょうどその日は雨が降っていた。
私達の心模様のようだった。

母にバレないようにと父は父なりに考え、ゴミ袋にカルテを詰め、それを片手に、そしてもう片手に傘をさし、肩を落とした父の後姿を想像した。
言わないがきっと泣きながら、駅までの遠い道のりを歩いたんだろう。

ゴミ袋と傘と雨。

変な人と思われるだろうが

それは、どうでもいいことだった……。

このなんともやぼったい姿と思うと妙にけなげに思えてならなかった。

父は、「手術して取ってもらえば何とかなる」と言い、私は「無理に取ってもそのガンを散らしてしまうだけなのでは」と少し喧嘩になったことを覚えている。

所詮、素人の私達があーだこーだと口喧嘩しても何も意味はないが、母を想えばこその必死の親子喧嘩だった。

みんながそれぞれの想いで貴女のことを愛し、病気に勝ってほしいと思っていた。

私も諦めた訳じゃない。

私は手術しなくても他に手はないか考えていた。

読みなれない本もたくさん読んだ。ガンとはどんな病気か。痛みはどうでどんなふうに変わっていくか。告知について。精神面でのケアについて。母だけでなく私達の精神ケアもしてほしいくらい、追い込まれていた。健康食品も買った。でも、病名をはっきり伝えてないから母も必死にはならず、ほとんど飲まず仕舞いだった。

何度も言ったが飲まなかった。

第二章　夏——苦しみ

母には年老いた両親が健在で、弟達と熊本にいる。

血を分けた親、兄弟に逢わせておくべきではないかと、最悪の事態を嫌々ながらも想定し、父、弟と母の三人で初夏を迎える頃、熊本へ足を運んだ。

また、ここで母が疑問に思うんじゃないかと思ったが、皆、入院したこと心配してるし、元気な顔を見せてきたらいいんじゃないか、ということでその話はまとまった。

私も本当のところは一緒に行きたかったが、子供の学校を休ませることになるし、なんでそんなに無理してついてくるのかと思われたら大変なので、我慢した。


もっと、一緒の想い出を作りたかったのかもしれない。

いつも、一緒にいたかった。


その頃の母は、少しばかりの痛みが出てきていた。

二十四時間に一回、普通の座薬を入れればおさまる程度の痛みと、食欲が少し落ちていた。

だから、ちょっとしんどくて、食べられないから力が出ない感じで本人もそのように思っていた。

痛みについては、膵臓に瘤《こぶ》がある状態だからそのせいで、きっと、それ以上の痛みに襲われるとまでは、母も思ってなかったろうと思う。

でも、自分の親、兄弟に逢えるという、気持ちは行きたいが、身体はあまり気が進まないと話していた。


迎えてくれる母の身内もなんともいえない心境だったろう……。


わずかな日程での帰郷をより濃密な日々にしてくれていた。

でも私は病名をひょんなことで耳にしないか、身体の痛みはどうか、気をもんで帰りを待っていた。

やはり、疲れた表情で戻ってきた。

でもこっちで迎える私達のために、いつものように熊本の土産話をしてくれた。

口では「よかったな。え？　そんなとこも連れて行ってくれたん？　いいなぁ〜」と調子よく答えていたが、私の心の中はなぜか悲しみでいっぱいだった。


どんな気持ちでじいちゃん、ばあちゃん、おっちゃん、おばちゃん達は母を見送ったんだろう……。

どんな気持ちで肩を並べ写真を撮ったろう……。


そんなことを考え、また病気なんかに負けるな、と母の身体を見守り、気を張って過ごしていた。

二、三日が過ぎた頃だろうか？

ある朝八時前に、電話が鳴った。

母に何かあったのかとびっくりして受話器を取ると弟だった。

聞くところによると、母がいきなりこんな朝から、

「私、ガンなんやろう!! みんなで騙してる!」

と電話をかけてきた、という話だった。

私はあわてながらも、母の状況を聞き、どう答えたかを聞き、来るべき時が来たことに恐怖を感じた。弟は「先生にそんなことは聞いてないから」と否定したらしい。

あくまでも「何を言ってるのか」と母の言っていることに冷静に答え、「もう会社へ行く時間だから」と電話を切ったようだった。

あの時の心臓の高鳴りはすごかった。

破裂しそうなくらいの音と速さだった。

どうしようという気持ちの反面、頭の中でどうすべきか、
何がなんだかわからなかった。
皆で決めた。母には言わないと。

考える間もなく電話が鳴った。
もちろん母である。
鼓動の高鳴りを押し殺し、電話を取った。
それは、すごい勢いであった。

「私、ガンなんやろう!! 皆で隠して! お父さんもどっか今、出ていったわ!」

父も突然の母の問いつめになんとなくびっくりして、
つい家を飛び出してしまったのか?

それより何より、今のこの電話を……。

「皆、そんな病名は聞いてないとしか言うてくれへん!!」

でも母は続けて、

「誰も『違う』って言ってくれへん!!」

と泣きわめき叫んでいた。

取り乱した母の泣き声に、私も泣き出してしまった。

泣いたらおかしいやろ?とその一瞬、自分に問いかけながらも、涙は止めることはできなかった。

必死で止めよう、止めようとしたが湧き出てくる。

でも、私はその母の言葉を聞き逃さなかった。

母は〝あーだ、こーだ〟という説明を聞きたいんじゃなく、ただ、そう、そのひと言が欲しかったのだ。

その言葉だけでよかったのだ。

そこらじゅうの空気を全部吸い込むくらい息をのんで、私は答えた。

真正面からぶつかってきた母に、大きな嘘を堂々とつかなくてはならない自分への、覚悟のひと息だった。

「違う!!」

母の泣きわめく声が、急に普通の泣き声に変わった。

私の嘘の言葉に少しだけ安心したのかもしれない。

「とにかく、今からそっちに行くからな」

と電話を切った。

いつかこんなことになるのはたぶんわかってはいた。
しかし、こんな日が来るとは怖くて考えるどころか逃げていた。
身体はよくなるどころか、ますます悪くなっている。
本人である母がそれは一番よくわかっている。
こんな状況での告知なんて、母を苦しめるだけじゃないか。
また、その嘘から逃れられ、楽になるのは、周りの私達だけではないか。
そう、皆で決めた。告知はしないと……。
母の元へ向かう電車の中で、人目も気にせず泣いた。
私が受け止めなくてはいけない。

逃げたらあかん！

と、自分に何度も言い聞かせていた。

こんなに腹をくくって物事に向き合ったことが今まであったろうか……。


母の待つ家まで一時間足らず、腫れた目は隠せないが、頑張って笑顔を作り、大きく息をのんで玄関を開いた。

中に入ると、布団に横たわった母がいた。

「大丈夫か？　落ち着いた？」

と、声をかけた。

すっかり平常に戻っていた母は、もう朝のような問いかけはしなかった。


ほんとは、母のことを抱きしめたかった。

思いっきり抱きしめてその不安を私の愛で埋めたかった。
でも、あまりにも落ち着いていたので身体から湧き出る愛は
届けずじまいだった。

身体がよくならないことをしばらく話し込み、通院の日だったため「先生に
もう一度病気のことを聞く」ということで気を取り直し、やっと父もそんな頃
家に戻ってきて、三人で病院に向かった。
私は娘が学校から戻ってくるため、診察まではいられず父に託して別れた。

母が心配で別れづらかった。
何度も振り返り、手を振った。

もうこの頃は一人で病院へ行く体力も気力も薄れ始めて、自立心の強い母が

全面的に頼るようになってきていた。
夕方、電話が入った。
「先生にもう一度聞いたら、『違う』って言ってくれた。今日はごめんな……」
という内容だった。

とりあえず、今はしのげた……。

なんとも、疲れた一日だった。

この晩、また考える私がいた。
これで、よかったのか？と……。
考えた末、あんな状況の母に「実は……」と、
洗いざらい話しても、到底受け止められるはずはない。

話してしまうならもっと心の落ち着いた時に話すのが一番いいと思った。

この時、もうこんなことでは悩まないような気持ちが私の中に芽生え始めていた。

ある意味、腹をくったのかもしれない。

そうして、食事もほとんど食べられず、点滴に通い、横たわった日々が増えだした……。

やっぱり、ガンは母の身体を蝕んでいっているのか？

「奇跡」という言葉が存在してるんだから、

「命」というものは誰が決めるものでもない。

と、いつもそう自分に言い聞かせていた。

なんとか気分転換をさせてあげたい私は、我が家へ泊まりに来ることをすすめた。

寝ててもいいから来てもらいたかった。

そして、父を精神的に少し休ませてあげたかった。

母も快く来てくれた。

最初の日は気分もちょっとましだったので髪をカットしに近くまで出かけた。

春以来、髪をカットに行ってなかったし、リフレッシュも兼ねてのことだ。

どんなヘアースタイルにするか聞かれた母は、

「姉ちゃん!! どうしたらいい?」

「もう、そんなことまで私に聞くようになってから……」

って、すこし笑ったこともあった。

「笑い」で少し余談を……。


あの笑い上戸の母は、ほんと笑わなくなった。

全く笑わない。

実は私も笑いなんて程遠いものだった。

あれだけ出歩いていた母の日常の話のネタの多さには、いつも感心していたが、今は全部、病気の話で、
どうしても笑いから遠ざかっていた。

笑わそうとしても無理な笑いで、正直、心《しん》から笑いたかった。

笑いで、免疫力を上げたかったが、難しかった。

その笑いがない母が、テレビの吉本新喜劇を見て笑った時には、

私は心の中で、

（さすが……吉本!!）

と、手を叩いていた。

「入院や病気で心配させて」と私の旦那にも気を遣い、近場の温泉に連れて行ってくれた。母は温泉好きで、よくここにも足を運んでいた。

お風呂が好きというより緑の山々を眺め、広いお風呂に入り、昼寝なんかした時にはなんともいい気分になれる。

それを味わうのが好きだったんだろう……。

旦那はもちろん男風呂へ、そして私は、母と娘と脱衣所へ入って行った。

やっぱり母はどうしても体重が気になるようだ。

そんな、いやや、あんまりほとんど食べたくない状態の日々で、体重計なんて乗られて私、なんてコメントしたらいいのか？

　でもいつも通りにしないと……。

体重が五キロほど減っていた母は、

「少しスリムになっていいか!!」

と言ったので、

「ほんま、ほんま。今までが肥え過ぎてたんやし、ええやん」

と無理に笑い飛ばした。

ほんと、嘘はつらかった……。

前までの母は長風呂で、いつも付き合いきれなくて、私のほうがすぐのぼせてしまうのだ。

しかし、この時ばかりは、自分でするのはしんどかったみたいで、私が軽く身体を洗い、髪も洗い——完全に私に任せていた。

お風呂の端に腰かけた母が、

い、い、本当にひとまわりもふたまわりも小さくて、

なんとも言えない気持ちになり、

また涙がこぼれた。

娘や母に「なんで泣くの？」と言われちゃダメなので、ブルブル顔をこすっ

た。

そして、さっさと上がって、椅子に座った。

母の好意を受け、ここに来たけど、やっぱしんどいね。
当たり前か。でも、無理して来てよかったよね？

そして、帰り道、お好み焼きを食べに寄った。
ビールを軽く一杯飲み、母もこの一杯はとてもおいしそうに、いい顔をして飲んでいた。
気分がよかったのか、以前よりかは、はるかに量は少ないが、いつもよりかは、少し多く食べていた。

私は単純にすごくうれしかった。

このまま少しずつでもいいから、元気になれ！
という気持ちだった。

疲れただろうから、みんな母に合わせ、早く床についた。

でもすごくいい一日だった。

幸せな気分だった。

やっぱり、気力で無理ができる日もあれば、気力だけではどうにもできない日もある。
これは誰にも言えることだろう……。
この次の日は、横になった身体を起こすのもしんどくて、目を瞑《つむ》りずっと横になっていた。たまに、
「お母さん！　寝てるん？　しんどい？」

なんて声をかけたり、仕舞いには一緒に横になって、しゃべりかけたり……。

そっと、寝かしてあげとけばいいのか?

とにかくそっとしておくことができなかった。


「しんどい?」

「ふ～ん……」

目を閉じた母は眠ってはいなかった。

「ごめんなぁ～……せっかくこっちに来てるのに寝てて……」

「そんなん、なんで～。しんどい時は寝て、気分がいい時起きればいいやん」

「なんでこんなに、ずっとしんどいんやろ……?」

母は泣き出してしまった。

「ほんまやな～……ごはん食べれへんもんなぁ～……この暑さじゃなぁ～……」

いつの間にか、食欲のなさは暑さのせいにしてしまっていた。痛みに関しては瘤《こぶ》があるし、うまく痛み止めを飲むことでコントロールできると言っていた。

本当に私よりパワフルで、私より行動力もあり、大好きな、大事な母が今こうして目の前で泣いて横たわっている姿は、いっしょに泣くしかなかった……。

あくまでも表向きは、〝母の気持ちもわかるよ〟という涙の意味であった。

この時、母がもう逆に娘に思えて、
愛おしさがどっと湧き出て、抱きしめたくなった。

その不安な心を抱きしめることで、少しでも楽にさせてあげたかった。
しかし、なかなか、想いを身体で表現できず、
これもまた抱きしめられず仕舞いだった。

「お父さんに電話して『迎えに来て』って言うて」
「もう帰るの？」

暑い盛りの昼過ぎだった。

「帰りたいんやったら、パパが帰ってきたら送ってもらえばいいやん」
起きるのもしんどいのに、いくらお父さんに来てもらっても、電車で帰るなんて……。
何度か言ったが、私の旦那にも気を遣うみたいで、もしかしたら、私にも「悪いな」って、思ってたのか？

力を振り絞り、父に身を任せ帰っていった……。

その二人の後姿《うしろすがた》に「夫婦」というものがハッと浮かんだ。


こうして、父に頼る母は、今まで見たことがなく、なんだかんだ言っても、結局父の元へ帰って行ってしまう。

私はいくら貴女の娘でも、今は家庭を持ち、妻であり、一人の娘の母でもある。

どっぷり私に甘えることはできないんだろうか？


そんな夏の盛り。

母から暑中見舞いの葉書が届いた。

もともと筆まめな母は、しんどいながらも、頑張って書いてくれた。

暑中お見舞い申し上げます。
何時も御心配頂き感謝しています。
夏休みに入りました。
豊かな生活体験でいっしょに出かけ、
大いに自然に触れさせ、いい意味で
ひと言多い対話で、我が家流の楽しい交流で、
充実した夏休みを送ってくれるように、圭子には頼みます。
母

春以来、母からこんな言葉や教え?をもらってなかったので、すごくうれしかった。

母が私に送ってくれたこの言葉は、
私の心に、すっぽりはまり込んだ。

子供は自然の中が一番だよ。
そんな中で、子供と心と心のふれあいをし、
一歩踏み込んだ、意味のある会話もし、
人は人。私達の私達なりの充実した夏休み。
別に、どこか遠くへ連れていかなくても、
自然は目の前に広がっている。
そこで吸収するものや得られるものがたくさんあるから……。

子供の長い夏休みが、いかに充実したものになるように……

と、母の願いである。

私は、結婚してから京都と大阪とに離れ、そう遠くもなく、そう近くともなくの距離で、母とはしょっちゅう会いもするが、電話も頻繁にすれば手紙のやり取りもする。

会って話したことや、電話で話したことを手紙に、また字にすると、やさしい言葉はその字からまたやさしさを増し、何度もそのやさしさを繰り返し、味わうことができる。

現に今もふとした時に貴女からの手紙をひっぱり出しては読み返し、貴女を想う。

母には沢山の手紙をもらったが、いつも感謝とねぎらいがあった。

そんな母からこの私に、どれだけ身についているかはわからない。

でも、知らず知らずのうちにきっとこの身体に吹き込まれていると思いたい……。

でも、実際の私達の夏休みはどうだったか？

子供にはまず、おばあちゃんが見ての通り体調があんまりよくないし、お母さんはおばあちゃんのことが心配だから、お家に行っておばあちゃんの力になってあげたいことや、病院にもおじいちゃんの代わりにたまにはついていきたいことを話し、いっしょに頑張ってくれるようお願いした。

真剣にお願いした。

その思いは、娘に確実に伝わっていた。

おばあちゃんの通院に何度もついて行ったが、点滴と診察をするため、三時間から四時間はかかった。点滴の間は、背中をさすったりしていたんだけど、いつもならこんな長い時間、遊ぶところもない病院でおとなしく待っていられるはずのない活発な娘が、本来なら十五分に一回くらいの割合でカミナリを落とされているであろう娘が、なんと一回も怒られることなく、おとなしく私の手を煩わすこともなく、しかも、おばあちゃんの背中をさすったりして、いつも私と一緒にいてくれた。

本当に、賢かった。

すばらしく賢かった。
パパが休みの日もなんだかんだと、
母のところへ足を運んだりしていたけど、納得していてくれた。
あまりにも賢いので、逆に私はメチャクチャ気を遣った。
そして、いつも
「ありがとう」の感謝の言葉と、やさしさを褒めた。
それが、その時、私が娘にしてあげられる、唯一のことだった。

今も心の底から、娘のちっちゃい身体の中の大きな心は忘れない。
一生、忘れることはないだろう……。

そして子供という枠を越え、すばらしい人だ。
とも感じるようにもなった。

私の母への想いも娘には、口で説明するより、
肌で感じてほしかった。

子供にとって夏休みはとても楽しいものである。
だから可哀想にも思ったが、どうしても……。
今は母を優先させてもらった。

このことはこの時一年生だった娘に、今も深く感謝している。

本当に母一色だった夏休み。

でも、それは生きていく中で、経験することを限られた、大事なことを親子で母のそばで学んだ貴重な夏休みだったと思っている。

そして週に二回ほど、通院し、気分がよければそれでいいし、悪ければ横になっての日々だった。
週末には、弟夫婦が見舞うというのが何週間か続いたように思う。

私はひとりでいる時、突然、恐怖に襲われ、涙がポロポロと流れ出してしまうことが多くなった。
前向きに奇跡を信じて歩いている時もあるが、
急に、ふと思うのである。
この坂道は一体いつまで続くのか？
薄暗い中にずっといる感じがしていた。
本当にしんどかった。
皆で笑える日が来るのか？

でも娘の前では泣けないし、
（おばあちゃんの病気のことはもちろん知らない）
旦那の前でもなんとなくはずかしくて泣けないのである。

話の流れで、涙がこぼれる姿は見せても、

「私、しんどいからどうにかしてほしい」

とは、言えないのである。

今思うと、もっと、もっと、一番私の心のうちを見せて一番理解してもらえれば、
一番力を貸してくれる人なのに、何を意地を張ってたんだろう……。
でも、私は、
「どうや？　何もないか？」
って、手を引っ張ってくれなくては、なぜか心のうちが出ないのだ。
自分から、弱音を吐けないとでも言うのかな？

でも、独りじゃ、抱えきれるはずがなく、女友達には、たまに、聞いてもらっていた。

そして、気を取り直し、前を向いてまた、歩き出す。

母の病気がわかって五か月ほど経った頃か、その友達のひとりからあるワクチンのことを耳にした。

いろいろ本も読んだつもりで、健康食品も買って、母にはあと何がしてあげられるのか？　悩んでいた頃だった。

私はその話に飛びついた。

担当医も、「ＯＫ」をくれ、久しぶりに、坂道を駆け上がったようだった。

でも、それは一度東京まで足を運ばなくてはならず、私は夏休みだし、子供がいるし……。弟とどっちが行くかという件で何日も無駄にしてしまったことを後悔している。

私は、友達に子供を託し、早朝の新幹線に乗った。

そして、夕方に京都に戻った。

まさに病院へまっすぐ行って、そのままとんぼ帰りして戻ったのだ。

早く母にそのワクチンを打ってほしくてすぐ先生に電話したが、子持ちの私と先生の時間が合わず、次の日に持ち越しになった。

先生は、その日あたりに母に再入院を勧めていた。

そのワクチンは一日おきに打たないといけなくて、病院から少し家が遠いので、そのほうがいいかも……と言われていた。

母の中では、きっとしんどさや痛みは
最高潮に達していたんだろう……。

入院は母も疑問に思うどころか、喜んで入院したようにも感じた。先生の近くにいることが、きっと安心のひとつだったのかもしれない。
病状が悪くなったわけではなく、最初はワクチンのためともいえる入院であった。
なんとか、母の再起、復活を望み、私の心の中は、妙に意気込んでいた。
そう、坂道の向こうにかすかな光が見えた感じだった。

私は、絶対母ならこのワクチンが効き、回復に向かうと、「奇跡」を信じていた。

素直にそう信じたかった。

まだ、最初の頃は、お風呂で身体を洗ってほしいという母に微かな希望も湧き、身体や頭を洗ったりした。

でも、それも相当無理をしているようだった。

元気な素振りを無理に見せていたのかもしれない。


今だから思うことがある。

「背中が痛い」と訴え、さすると「下手」と言われ、私は少し怒ったこともあった。

でも、あれは、私だから言える母の小さな、小さなわがままだったのかもしれないと……。

そして、その小さなわがままに嫌味を投げかけた自分に腹が立っている。

どうして、そんな小さなことにひっかかってしまったのかと。


私はその頃、母の元へ通うのを一日おきにしていた。でも母は、

「毎日きてほしい……」

と甘えるようになり、毎日母の顔を見に、お世話をしに、そばにいたくて通った。

その頃は、皮下に「モルヒネ」を二十四時間少しずつ入れていたが、痛みはそれでもあまり抑えられていないようだった。

なんとなくウツロで、寝てるんだか起きてるんだか、でも声をかけると返事はあった。


どう見ても、おかしい。

このままだと、死んでしまうんではと思うくらいの母だった。


そんな頃、父は担当の先生に「モルヒネ」の副作用で、一か月から半年くらいの間に呼吸停止になるかもしれない……と聞かされ、もう力のない声で電話をかけてきた。

私は、ちょうど、夕食の支度をしていた。

その電話を切り、旦那にそのことを話し、そしてこの時初めて、娘におばあちゃんの病気のことを話した。

私は、平常心を保とうと、支度のつづきをしだしたが、涙がボロボロ止まらない……。

大声で、

「味がわからへん!!　作られへん……」

と、娘の前で母のことで取り乱し、涙を流したのは初めてだった。

特に娘の前では弱音なんて吐けないし、つっぱってきたから、あの時は別の意味、気持ちが楽になった。

食事が喉を通らなくて、

「食べたくない……」

と言う私に、娘と旦那が声を合わせ、叱ってくれ、励ましてくれ、泣きながら、食事を押し込んだ……。

そうは言うが「ワクチン」を打っている。

気を取り直し、また、次の日から母の元へ通いだした。

そんなある日、病院から戻った私に娘が手紙をくれた。その中には、

ママへ
きょうは　おつかれ

なほ

と書いてあった。

取り乱した私の姿を見てしまって娘は私のために何かできないか、と思ってくれたのかもしれない。

すごく、うれしかった。

本当にうれしかった。

しかし母の容態は、段々悪くなっていった。
腸の調子が悪くなりだし、一週間の間に下痢から下血へと変わっていった。

第三章　秋——哀しみ

九月十八日

子供が戻る時間だから、父と交代し、

「お母さん。帰るわ……」

「寂しいなぁ〜……」

哀しかった。無理矢理、笑顔を作り病室の扉を閉めた。

貴女は、ものすごく情の深い人であった。
私達親子が貴女の元へ泊まりに行く時は、必ず駅に迎えに来てくれ、
もう待ち遠しいと言わんばかりの表情で迎えてくれていた。

そして一泊、二泊とずーっと一緒にいると、貴女の情は膨れ上がり、私達が戻る時は、なんとも寂しそうな表情をして、私達のうしろ姿をいつまでも見送ってくれていた。

そして、家に着いて、

「今、着いたよ!! ありがとうね!!」

って、子供と電話をかけると、貴女はよく泣いていた……。

「そんなに離れたところに住んでるんちゃうのに、なんで泣くのぉ?」

と言うと、

「だって、寂しいねんもん……」

と答えていた。

膨れ上がった貴女の情が涙となってこぼれていた。

でもこの日の母の〝寂しい〟と言った声から察する感情は、今まで私にこぼしていた〝寂しい〟とは、何か違っていた。絶対、違う。

どう表現していいのか？

妙に孤独さを感じたような……。

今思うと、この言葉が私が最後に耳にした母の心の声だった。

貴女だけ、自分がもうすぐ旅立つことを知っていたのか？

私が「また、明日来るから……」では済まされない、どこか次元が違っていたかのような〝寂しい〟の響きだった。

九月十九日

ここのとこ、一時間に一回はトイレに起きていた母が、
なんとも気持ちよさそうに眠っている。
「用があったら、起こしてな」
と言い、私も少し疲れていたのもあって手をつないで、少し休んだ。
久しぶりに、母の容態が落ち着いていたので、これで、
〝回復に向かうんだなぁ〟
〝やっと、痛みもましなんだなぁ〟

本当に静かな落ち着いた午後であった。
外の日差しが、カーテンの水色で和らいで
少し開けた窓から、すーっと風が入りとても、
気持ちいい午後だった。

騒がしい夏の色はなく、静かな秋の始まりのようだった。


明日は父に代わって私が、母のそばで泊まる日。

いつも、夜は父に任していたので、私はうれしかった。

眠れなくても、母のことを何でもしたかったので、帰り際に、

「明日は、私が泊まるしな!! バイバイ!」

母がうしろ姿で、手を振ってくれた。
でも、これが、まさか母の最後のバイバイとは知るよしもなかった。

九月二十日

今日は病院に泊まると、娘と旦那に留守を頼み、張り切っていた朝。
電話が鳴った。
父だった。でも、何かいる物があるのか程度に思っていたらそれは、
危篤の知らせだった。
とにかく、三人で病院にすぐ駆けつけた。
その後すぐ弟達も駆けつけた。
虫の知らせか、母の従妹も来ていた。

そこには、呼吸器をつけて、大きな息をハァーハァーしていた母がいた。

「お母さん!!　今日は泊まるでー!」

って、大きな声で話しかけても、返事をしてくれない。

母が私の問いかけを、生まれて初めて無視した。

「何やってんのー!　聞こえへんのー?」

「起きてよー!!」

ほっぺたを叩いても、何も返事してくれない。


私の声は、母の心に届いてるんだろうか?


その何時間かの間、母の手を握り、母の顔を見つめ、息づかいを見つめ、母が目を開けてくれるのを、ひたすら待っていた。

まさかそのまま目を覚ましてくれないなんて……。母なら必ず目を覚ましてくれると信じていた。

夕方、目が少し動いて、口も動いた。

〝あ〜っ〟これで回復に向かうと、
「お母さん!!」と、その場にいた弟夫婦と声をかけた。
すぐ、看護婦さんが駆けつけてきた。
意識が戻るも何も、鼓動が弱くなってきたみたいで、いきなり心臓マッサージが始まった。

回復に向かうと思って、笑顔で看護婦さんに今の状況を伝えようと思ってたのに。

そのことを言う間もなく、母の弟三人が駆けつけた。
でも、はるか熊本から、この今たった今さっき容態が変わった母に、いや姉の元に、弟達が駆けつけるなんて、なんとも、目に見えない、姉と弟達の意識の上でのつながりを感じた。

母は待っていたんだ。
弟達が会いに来てくれるのを。

母は私と弟夫婦、そして、母の兄弟に見守られ、本当に静かに安らかに息を引き取った。

貴女のお気に入りのあの川辺に静かに太陽が落ちてゆく時間の頃だった。

そこには、父の姿はなかった。

お母さん……。
どうして、私が今日泊まるって言ってたのに、
一晩中、お母さんの顔見て、お母さんの身の回りのことして
尽くしたかったのに、どうして、そんな私の想いを無視して
死んじゃうの……?
お母さんに尽くせること、お母さんのそばでいられる今日の夜。
せめて、その一日を私にくれてもよかったやん……。
本当に、楽しみにしていたのに……。

そんなことを思う反面、母は私につらい姿を見せたくなかったのかもしれないとも思う。意識をなくす前の晩は、今までの中で痛みが一番ひどかったみたいで、母が痛みに耐えられず、大きな声で父にどうにかしてほしいと訴えたり、それはかなりのものだったようだ。

だから、もう一晩は待ってはくれなかったんだろう……。

私を思うがばっかりに、待ってはくれなかったんだろう……。

母の最後の愛に触れた哀しいピリオドだった……。

でも私は、一番つらかったろうその晩に

いてあげられなかったことは、
私自身、心に何かしら残っている。

安らかに目を閉じた貴女を前に、
私の心の中はからっぽだった。

まだ、その時は母の「死」を、受け入れるというより、
自分の心と向き合うことすら思いつかず、
母を見送らなくてはならない。
嫌でももう見送らなくてはいけない。
その現実だけに寂しさや哀しみを感じていた。

そう、貴女がいないとこんなに苦しいなんてまだ気づかず、
寂しさや哀しみのほんの入り口に立ったばっかりに
過ぎなかった。

母は本当に眠っているようだった。

つらかったろう点滴の跡からは、まだ血も流れていた。

でも、何をしゃべりかけても、どれだけジロジロ見つめてもやっぱり目は閉じたままだった。


しなくてはいけないこと。

母との最期の別れから二、三日経ち、

母の温かい身体、あの目、あの鼻、あの口、あの手、
指、足、髪もう手にできない。
あの笑い声、「痛い」と訴えた声すら、もう耳にできない。

小さな箱に姿は変ってしまった。

もっともっとこんな小さな箱になる前に
なんで貴女のこと、いっぱいいっぱい抱きしめなかったんだろう……。
お母さんの温もりをもっともっと感じておけばよかった……。
今まで生きてきた時間の全ての中でいくつもの後悔が頭をよぎった。

本当に私の目の前から、あの姿がなくなってしまうなんて……。

一体、どこへ行ってしまったんだろう……。

こんな時、こんな時に、娘が私にすっと手紙を渡した。

「ママ。はい、これ!!」

がんばったね
おつかれ
ばあちゃん　うれしいと　おもってるよ。

そこには、哀しんで泣いている私の前に、確か私が母親なんだけど、

逆転して娘が母親で私が娘かのように、
やさしさで私の心を包んでくれる娘がいた。

そして、二日後また手紙をくれた。

ママへ
ばあちゃん
きっと　きっと　うれしがってるよ
おばあちゃん　ぶじ　てんごくに　ついたとおもうよ

なほ

別れたくないけど、別れなくてはいけない。
私にしたら、頑張って、見送ったこの数日。
私が、頑張って見送っていたから、
おばあちゃんも喜んでると……。

うれしかった……。
私の頬をまた違う意味の涙がつたって落ちた。

でも私は〝頑張ってる〟なんて口にしていない。
しかし娘の心の目には私が頑張って見送っていたのがはっきり映っていたんだろう。

小一の娘に、私の心の中は見透かされていた。
この娘は、心の目で私を真っすぐ見つめてくれている。
私は、こんな小さな娘から、励ましてもらい、力をもらうなんて
考えてもみなかった。
母の闘病が始まり、そして終わり、母ばっかり見つめていた私の後ろに、
しっかりついてきてくれていた。

そう、後ろから母と私を見ていたのだ。

母と私の間で成り立っていた、励まし合いが、
私を挟んで後ろにもあったのだ。

私は心強さを覚えた。

そして私は、母としてなんとも感動した。

そして、きっと、何かが、
この娘の心に刻みこまれたことだろうと思っている。

母との闘病の日々は、わずか半年という
短いものであった。

明日へ

寂しさを心で感じ、また、来たる秋の風がなんとも哀しく、また冷たく、
肌に沁み込み、風に乗って貴女が金木犀の花の香りを
運んできた……。

毎年、

「金木犀、いいにおいやな……」

って、話してたね。

もう、今は心の中での会話になってしまったね……。

道端に落ちている枯葉でさえ、

「秋やなぁ～……」って、

また私に届けてくれるんじゃないかって。

いつも、貴女を想うよ……。

いつも私の誕生日には、朝いちで「おめでとう」を
言ってくれてたね。
今年はね、冬の澄んだ青い空に向かって、
貴女に向かってこう言ったよ。

ずっと、誕生日って祝ってもらえるものとばっかりと思ってた。
貴女はもういないけど、今私は生きている。

貴女が、私を産んでくれたからなんだね。

〝ありがとう〟

貴女の分まで、しっかり生きていくからね。
見守っていてね。

誕生日には、もうその電話もかかってこないし、
ほんといなくなったのか？って、また考えこんだり、
初めて誕生日の本当の意味を知ったようにも思う。
何を見ても、何処へ行っても、貴女との想い出だらけで、

私はほんといつも一緒だったんだなあって、
改めて感じてる……。

それが哀しくもあり、
またこんなに沢山の想い出があることにうれしくも思い、
なんとも複雑な心境で……。

でもね、菜穂がね、私が
あーだこーだって貴女のこと思い出しては泣いたりしてるとね、
いつも、必ず黙って聞いてくれるんだよ。
やさしいよ。

貴女と三人でいろんなところ行ったけど、今も変わらず、
三人でお弁当食べてるみたいだよ。
たまには、「ばあちゃんの話したら泣くしなあ」って、
急に話をはぐらかしてみせたり。
一年生の子供どころか、精神面ははるか成長していて、
私と同レベルと言ってもいいくらい……。

私は貴女から、たくさんのことを学んだ。

そして最後に「死」をもって、また教えてくれた。

「永遠なる絆」の深さ、今また深く感じるよ……。
こうして今を生きていても……。

命

ここにあたりまえのように、生きている自分。
この命は、自分だけのものじゃない。
きっと、少なくとも夫や娘が必要としている。
私達が貴女を必要としていたように……。
そして、改めて、この命の重みを知った。

友達

何かあった時、家族の他に、
自分が苦しい時励ましてくれたり、一緒に泣いてくれたり、
気持ちを分かち合える友がいた。
何度、救われたことかしれない。

友達の大切さ。
ありがたさ。
優しさ。

私は娘に伝えたい。

友達っていいよ。

友情って、すばらしいよ。

ママみたいに、いい友達作ってね。
もし、何十年後かに、
今度は私が「死」を招くような病気になって、
貴女を悩ませるようなことがあった時、
たくさんの勇気と力を分けてくれる友達がいますように……。

夫婦

あれだけ、生きている時、喧嘩ばっかりしてたくせに、
いなくなると、残されたおやじったらない。
今頃、妻のありがたみを感じ、反省なんぞしている。

貴女には見えますか？
おやじの涙が……。

もし見えてないとしたら、私がしっかり見てるから……。
きっと、おやじは届かぬ想いに心痛めながら、

現在を生き、貴女にこの想いが届いた時、
貴女のところへ逝く日が来るんだろう……。

私達夫婦も、もう一度最初に戻ろう。

いつか、どちらかが先に逝く日が来る、って、
まだ先だけどどうしてもつい考えてしまう。
喧嘩もするだろうが、笑っていられる時間をたくさん作ろう。
少なくとも、私のおやじのように、
その〝ありがたみ〟をいなくなって感じるんじゃなく、
常にそう感じ、伝えよう……。

してあげられることがあったなら、してあげよう。
してほしいことは言おう。

そして、絆を強くしていこう。

遠い先に、
〝あーしとけばよかった……〟
なんて、後悔のないように。

母として

いい意味で、親子のふれあいを大切にしようと改めて思った。
愛情をたくさん注ごう、と思った。
そして、私の子供としてこの世に生まれて来てくれたことにも感謝し、
貴女と築きあげてきた親子のつながりに負けないくらいなものを、
築きあげて行こうと思った。

時間《とき》

昨日まで、何もない至って平和な毎日から、
突然、余命半年、一年と区切られる。
「奇跡」を信じながらも、それは頭から離れなかった。
貴女とのこの半年が、区切られた時間が、
私のこれからの時間の大切さをも教えてくれた。

娘

貴女が、病気になってから、
ちょうど物事をしっかり理解できる歳になっていたから、
この娘はこの澄んだ目で、その純粋な心で、
家族とか、母親とか、子供とか、健康とか、哀しみ、優しさ、
笑顔、涙、そして死というものを見届け、
それぞれを娘なりに思い、感じたであろう……。

貴女の尊い命が、この娘の心にすばらしいものを教え、
残してくれた……。

告知

これは、したほうがよかったか？
また、しないでよかったか？
自分の身体のことなんだから、知りたかったか？
また、先があまり見えない告知なら、聞かなくてよかったか？

でも、私はこう思いたい……。
私達と貴女の間で、一方通行ではなく、
お互いからしっかり手をさしのべ、
愛の絆がしっかり結べていたら、

どう選んだかは、どちらでもいいことだと……。
貴女は、きっと私達が苦しみながら選んだ道を理解してくれていると信じたい……。

そして、私の家族にも、そう託したい。

もう、一年が過ぎていきました……。
同じように、今年も金木犀の香りが届きました。
まだ私は、貴女を想い、ふと涙することもあります。
でも『時間《とき》』という薬が、哀しみを和らげてくれました。

何か楽しいことを見つけ、お腹の底から笑うこともあります。
泣いたり、笑ったり、怒ったり……。
ほら、ごらんの通り、頑張ってます。

去年立ってたであろう、哀しみの入り口から
少し歩めたようです。

貴女の「死」をこうして意味づけることで、私は生まれ変わった。
心の奥底の何かが変わった。
自分にいろんなことを言い聞かせ、
気持ちを奮い立たせることもできるようになった。

貴女のいる世界は、私にはまだ遠いところです。

いつしか貴女の元へ逝く日まで、この娘の成長を見届け、
しっかり生きて、生きて、貴女の分まで
たくさんのものを見、経験しよう……。

そして後悔をできるだけしないように、
どんなことも自分の心に問いかけ、考え、納得して行動しよう。

現在《いま》という一瞬は過去にも未来にも二度とは歩けないこの一瞬だ。
自分の想いひとつで、楽しくもつまらなくもなる。

今まで当たり前に生きてしまっていた私は、
貴女を失ってしまったことで現在という時間の大地を、
一歩、また一歩、大切に歩くようになった。
現在を、大事にするようになった。
少しだけでもいいから、何かしら「濃い」現在にしたい。

これからの私の人生で、心がけたいことは
『自分らしさを忘れず、今を大切にしよう』だ。

それが、「貴女の分まで生きる」という意味なんだ。

その理想に向かって私は、現在を経て、明日へつなげたい。

もし、私が貴女の元へ行くのに待ちきれなかったら

生まれ変わって、逢いに来て……。

私、きっとわかるから……。

お母さん……

私、自分なりの自分らしいと思える人生を大切に送るよ……。

ありがとう……。

圭子

最後に

この本を読み終えた貴女の心の片隅に
ほんの少しでも……。
何か響いたんだろうか……。

あとがき

人の記憶というものは曖昧なものだと私は思っている。

いや、私の記憶力ほど曖昧なものはないと思う。

ずっと心にしまっておきたい大切なことですら、何年も経つと、自分の都合のいいように塗り変えてしまってたり、忘れてしまっていたり……。

私はあと何十年生きるかしれないが、このことを忘れたくない……。果たして、どれだけ覚えているだろうか？


私は母を失ってしまい、「何処へいってしまったんだろう……」と、到底答えの出ないことに頭を抱え込み、正直、心がしんどい日々を送っていた。そんな中、母を想いながら私の心と頭にある記憶を書き記すことで、その時は心が落ち着き、精神安定ができた。他のことを考えなくていい。ただ、母のことだけ想う時間が心地よかった。

時には母の写真を見ながら書いたり、〝ここへ遊びに行った時はこうだったなぁ〟とか、母の手紙をひっぱりだしてきて読み返しながら書いたり、涙がこぼれ出たり……。想い出にひたりながら、ゆっくり、ゆっくりと……。

少しずつだったので、一年半くらいかかって、ひと通り書き終えた。

でも、書き終えた頃の私は書き始めた頃の私ではなかった。

明らかに違っていた。

私は母の「死」を見つめ直そうと、意味づけようと思って、書いていったのではない。母との最後を忘れまいと思い、書き始めたことだ。

でも、今思うと私の取った行動は、その哀しい現実に自ら向き合った時間だったのかもしれない。

この一年半が長かったのか短かったのかはわからない。でも、無理に前向きになろうとしたわけでもない。哀しい時は哀しいし、寂しい時は寂しい。泣きたい時は泣く。そうしながら、時を重ね、考えたりしていくうちに、自然と前向きでいる自分がいた。自然と、確実に歩き出していた。

今は母を失ったという現実から目を背けることなく、そこから得たものが私の心の中に、想い出とともにたくさん降り積もった。

少し、強くなれたような気がする。

そして、少し強くなったであろう自分はとんでもないことをしでかしてしまった。日頃、本なんて全くと言っていいほど、読まないにもかかわらず、恥ずかしげもなく出版社へこの日記に毛の生えたものを送ってしまっていた。その頃の私はそれだけで、満足していた。書き上げたことで一歩前進できたし、そして、送ったことでまた一歩さらに前に進むことができた。それから、こうして、本として出版してしまっているではないか？　出版するか、しないかの時はさすがに、腰がひけて怖かったが、家族や友達がまた勇気をくれて、二、三歩イッキに歩いてしまったようだ。

今は少しずつ歩き出せたから、今日と違った明日を楽しむために、どんな小さなことでもいいから新しい何かを見つけ、夢中になりたいし、頑張ろうとも思える。

だから、この出版は平凡ないち主婦の新しい分野への挑戦でもあり、自分への挑戦でもある。

平成十四年九月

川見　圭子

著者プロフィール

川見 圭子（かわみ けいこ）

昭和42年12月4日生まれ。大阪府出身。

平成4年に結婚し、翌年第1子を出産。

現在は主婦。

この想い貴女《あなた》へ——to make my life precious

2002年10月15日　初版第1刷発行

著　者　川見 圭子
発行者　瓜谷 綱延
発行所　株式会社文芸社
〒160-0022　東京都新宿区新宿1－10－1
電話　03-5369-3060（編集）
03-5369-2299（販売）
振替　00190-8-728265

印刷所　東洋経済印刷株式会社

ISBN4-8355-4545-1 C0095